LA MORT

DU

JUIF-ERRANT

POËME

PAR

ÉDOUARD GRENIER

Speranza di morte!
(Dante.)

PARIS

LIBRAIRIE DE L. HACHETTE ET Cie

RUE PIERRE-SARRAZIN, N° 14

—

1857

LA MORT

DU

JUIF-ERRANT

TYPOGRAPHIE DE CH. LAHURE
Imprimeur du Sénat et de la Cour de Cassation
rue de Vaugirard, 9.

LA MORT

DU

JUIF-ERRANT

POËME

PAR

ÉDOUARD GRENIER

Speranza di morte !
(DANTE.)

PARIS

LIBRAIRIE DE L. HACHETTE ET Cie

RUE PIERRE-SARRAZIN, N° 14

1857

PREMIER CHANT

I

LA SOLITUDE

LA

SOLITUDE

A cet âge de force et de mélancolie

Où l'homme, jeune encor, sur son cœur se replie,

Et, rappelant à lui ses rêves dispersés,

Quitte un instant la lutte et compte ses blessés;

A cet âge où chacun se rend à l'évidence,

Trouve la vie amère et la juge en silence,

J'avais fui les cités; et seul, loin des humains,

Des glaciers et des monts j'avais pris les chemins.

L'esprit de Dieu réside au fond des solitudes.

Là, dominant la terre et ses inquiétudes,

Le calme descendit du ciel dans mon esprit.

A la vie en secret mon âme se reprit.

L'air libre et le soleil, retrempant ma jeunesse,

Chassèrent les brouillards de ma longue tristesse.

Mon cœur, que le mépris devait clore à jamais,

Se rouvrit au bonheur sur ces âpres sommets :

Et l'amour y germa comme ces roses pâles

Qui fleurissent au fond des Alpes glaciales.

O lac, forêt, torrent au murmure éternel,

Toit visité par Dieu sous les traits d'un mortel,

Glacier qui dans l'air bleu dresse son front de neige,

Solitude bénie ! oh ! quand vous reverrai-je ?

Lieux sacrés où j'appris pour suprême leçon

Le rachat par l'amour et le divin pardon !

A mi-côte des monts sous un glacier sublime,

Il est un vieux château bâti sur un abîme,

Nid d'aigle où s'abrita plus d'un baron guerrier

Pour planer sur la plaine ainsi qu'un épervier.

Ces jours sont loin. Le temps de l'aire féodale

N'a rien laissé debout que les murs d'une salle

Dont le lierre étreint les piliers crevassés.

Tout autour l'œil ne voit que débris entassés.

Un pâtre du vallon a d'un faîte rustique

Couronné les arceaux de la ruine antique.

De lourds fragments de roc chargent ce toit mouvant

Qui déborde et se rit de la pluie et du vent.

Séjour d'ombre et de paix, simple et douce retraite

Faite pour l'œil du peintre et l'âme du poëte !

Un bouquet de mélèze au feuillage léger

Comme un frais éventail cherche à la protéger

Des ardeurs du Midi ; vers le nord, en revanche,

Un bois de grands sapins défend de l'avalanche.

A leurs pieds, dans la cour, parmi les blocs épars

Qui couronnaient jadis les créneaux des remparts,

On entend murmurer le doux bruit d'une source ;

Mais avant que de prendre et perdre au loin sa course,

Elle forme à deux pas un bassin naturel

Où se mire et frissonne un coin d'ombre et de ciel.

L'eau qui fuit par les bords sous le flot qui la pousse

Arrose un vert tapis, où, les pieds dans la mousse,

La gentiane entr'ouvre un œil timide et bleu

Qui regarde en rêvant le cyclamen en feu.

C'est là qu'il faut venir écouter le silence

Vers le déclin du jour, quand la brise balance

Sur ce miroir tremblant les ombres des grands bois

Et mêle au bruit des eaux les soupirs de sa voix !

Par devant la maison une étroite terrasse

Mène au bord du rocher qui soudain dans l'espace

Manque ; l'abîme est là. Sous les yeux effrayés

Un vallon se déroule à plus de mille piés ;

Puis des monts, puis un lac comme au fond d'un cratère.

On croit voir devant soi la moitié de la terre.

Voilà la solitude et quel était le nid

Où je passai les mois que le soleil bénit.

Un soir j'étais assis sur cette plate-forme

Dont la base en granit s'allonge en cap énorme.

Ainsi que chaque soir je regardais les cieux :

L'infini, c'est la fête et de l'âme et des yeux.

Puis, pour le paysan qui cultive la terre,

Pour le navigateur et pour le solitaire,

Que l'aurore soit pâle ou l'occident vermeil,

Le grand événement du jour, c'est le soleil.

Ce soir-là, le couchant se couvrait de nuées,

Chaos d'Alpes en feu de forme dénuées,

Où tous les vents du ciel, se frayant des sillons,

D'invisibles boulets trouaient ces bataillons.

Afin de retarder leur marche sûre et lente,

Le soleil, tout couvert d'une pourpre sanglante,

Comme un héros qui meurt en combattant encor,

Faisait de ses rayons autant de flèches d'or,

Et semblait contenir par le respect surprises

Au bord de l'horizon leurs masses indécises.

Quand je quittai des yeux ce poëme du soir

Que Dieu varie au ciel chaque jour, je pus voir

Partout les précurseurs d'un infaillible orage :

Les cimes des forêts se heurtaient avec rage;

A leurs pieds, les grands bœufs qui paissaient dispersés

Accouraient se coucher sur l'herbe en rangs pressés.

Dans le fond du vallon les troupeaux et le pâtre

Cheminaient sous des flots de poussière blanchâtre

Que le vent dispersait en léger tourbillon ;

Le laboureur quittait en hâte son sillon ;

Les oiseaux regagnaient léur nid, et solitaire

L'aigle du haut du ciel cherchait au loin son aire.

Seul dans l'anxiété de la terre et des cieux,

Un voyageur montait, calme et silencieux,

Le sentier verdoyant qui va de pente en pente,

Et du fond du vallon jusqu'aux chalets serpente.

Quand il fut à deux pas, un salut de la main

M'indiqua qu'il voulait poursuivre son chemin ;

Mais moi : « Tu viens à temps pour éviter l'orage,

Lui dis-je, entre avec moi dans mon humble ermitage.

Tu ne peux pas aller plus loin ; car le sentier

Avant une heure au moins n'atteint pas le glacier ;

Et sur l'autre versant tu marcherais encore

Sans trouver les premiers chalets jusqu'à l'aurore. »

L'étranger s'arrêta comme indécis. Ses yeux

Jetèrent un regard rapide sur les cieux,

Puis sur moi. Je sentis que son œil plein de flamme

Voulait interroger jusqu'au fond de mon âme.

Il secoua la tête et dit : « Tu ne sais pas

Quel est ce voyageur dont tu retiens les pas.

A quoi bon, arrêté par ta douce prière,

Franchirais-je avec toi ta porte hospitalière,

Si mon nom prononcé doit glacer cet accueil

Et me forcer bientôt à repasser ton seuil ?

2

—Mais quel que soit ton nom et ton sort, m'écriai-je,

Encor faut-il qu'un toit cette nuit te protége !

Regarde autour de nous ! » En effet, des éclairs

Muéts et convulsifs tressaillaient dans les airs.

Les nuages vainqueurs dans la sombre étendue

Descendaient menaçants sur la terre éperdue ;

Et déjà sur les bords de l'horizon lointain

La pluie avait jeté comme un voile incertain.

Alors prenant en main son bâton, sa besace,

A mon foyer désert je lui fis prendre place.

Je réveillai le feu dans la cendre engourdi ;

Et quand le clair sapin dans l'âtre eût resplendi,

Voyant ses pieds tout blancs de poussière : « Sans doute

Tes membres sont lassés par une longue route,

Lui dis-je ; aux premiers jours de notre humanité,

Quand on suivait les lois de l'hospitalité,

Dans le monde naissant de la Bible et d'Homère,

Toujours l'hôte lui-même, ou sa fille, ou sa mère,

Ou quelque serviteur, tout en le recevant,

Lavait dans un bassin les pieds de l'arrivant.

Tu n'accepterais pas sans doute cet usage;

Mais avant que la nuit soit close et que l'orage

Éclate, je pourrai te montrer, si tu veux,

Une source où baigner tes pieds las et poudreux. »

L'étranger consentit, et, lui servant de guide,

Je l'assis sur les bords de la source limpide.

Tandis que dans l'eau vive et fraîche du bassin

Il oubliait le poids du jour et du chemin,

Je rallumai la lampe et sur la table prête

Je servis mon souper de jeune anachorète :

Du pain bis, du chamois, des fraises, et du miel

Gardant le goût des fleurs qui sont plus près du ciel.

J'ajoutai, pour fêter mon hôte, honneur si rare!

Un flacon de vieux vin dont la chaleur répare.

Voilà tout le repas, tout ce que le matin

Un pâtre m'apportait du village lointain.

Quand l'hôte revenant du bain sous la verdure

Fit mieux voir en rentrant sa taille et sa figure,

La lampe qui tombait sur ses traits amaigris

Le montra tout entier à mes regards surpris.

Je fus frappé d'abord de respect et de crainte,

En voyant la douleur sur tout son être empreinte.

Tout la disait : son front, son regard et sa voix.

Je crus le voir alors pour la première fois.

Ses lèvres et son nez d'une forme aquiline

D'un fils de la Judée annonçaient l'origine;

Son front pâle était droit; de longs et noirs cheveux,

Mêlés de fils d'argent, couvraient son cou nerveux;

Une barbe légère, à moitié blanche et rousse,

Estompait son menton d'une ombre fine et douce;

Et l'ardente pensée en sillons verticaux

Avait entre les yeux creusé deux plis égaux.

Une majestueuse et sereine tristesse

Ennoblissait encor ses traits pleins de noblesse.

Mais ce qui rayonnait et doublait sa beauté,

C'était cet œil de feu, profond et velouté

Dont la nature dote en mère partiale

Les aînés du soleil, la race orientale.

Pendant que j'admirais l'étranger, son regard

Sur mon humble réduit se portait au hasard :

« J'aperçois, me dit-il avec un doux sourire,

Des livres, des feuillets disposés pour écrire.

Jeune et seul, loin du monde et perdu dans les bois,

N'es-tu pas un poëte, un de ces porte-voix

Par où l'esprit de Dieu s'épanche sur le monde,

Un de ces cœurs ouverts comme une urne profonde

Qui recueillent les pleurs de ce globe mortel

Et portent nos soupirs au pied de l'Éternel?

Ne rougis pas, la muse est sœur de la prière.

Toutes deux en pleurant montent vers la lumière

Et rapportent d'en haut aux cœurs simples et bons

Un céleste trésor de consolations.

Chante! laisse ton cœur rayonner, s'il s'enflamme!

Laisse couler tes pleurs et déborder ton âme!

Sans honte et sans orgueil sois poëte! Il n'est pas

De sort plus glorieux ni plus grand ici-bas!

— Hélas! lui répondis-je en secouant la tête,

Je n'ai pas cet orgueil de me croire poëte.

Le monde a dévoré ma jeunesse; et puis Dieu

Ne m'avait pas au front marqué d'un doigt de feu.

De la gloire en naissant il m'a donné la fièvre.

Mais le charbon divin n'a pas touché ma lèvre.

Comme un aiglon blessé que tente l'infini

J'ouvre en vain l'aile au vent, je mourrai près du nid. »

Alors d'un geste ami je lui fis prendre place

A la table frugale, et je m'assis en face :

« La marche a dû, lui dis-je, aiguillonner ta faim ;

Je voudrais t'offrir mieux que ces fruits et ce pain ;

Le couvert est rustique et ce lin un peu rude.

Mais tu feras la part de cette solitude. »

Je dis ; et le repas commença. Ses discours

Étranges, fins, profonds en charmèrent le cours.

Sa conversation à la fois grave et vive

Ranimait du passé l'image fugitive.

On croyait voir agir les hommes d'autrefois,

Et les siècles poudreux se lever à sa voix.

« Maintenant, dis-je après un moment de silence,

Pour abréger la nuit dont la course commence,

Si le sommeil encor ne tente pas tes yeux,

Dis-moi quel est ton nom, ton pays, tes aïeux. »

A ces mots, je crus voir une pâleur mortelle

Redoubler de ses traits la pâleur naturelle;

Puis soudain tout son sang reflua vers son front :

« Ce récit sera court, dit-il d'un ton profond,

Car mon nom seul suffit pour dire mon histoire. »

Et baissant ses longs cils sur sa prunelle noire,

Il se tut, puis enfin reprit en soupirant :

« Je me nomme Ahasver; je suis le Juif errant! »

DEUXIÈME CHANT

II

L'ORAGE

L'ORAGE

Ahasver !... A ce nom, l'écho comme incrédule

Gronda longtemps aux murs de l'antique cellule.

Je sentis un frisson de surprise et d'effroi

Glisser comme un éclair sur mon front pâle et froid.

L'étranger, croyant lire au fond de mes pensées,

Triste et sans relever ses paupières baissées,

Se mit debout et dit doucement : « A mon nom

Je sais bien que l'horreur devient mon compagnon ;

C'est pourquoi je voulais te le dire à voix haute

Avant que ta bonté ne fît de moi ton hôte.

Tu ne m'as pas permis d'achever cet aveu ;

Tu reçus malgré lui le forçat de ton Dieu !

Et l'horreur, le dégoût, une terreur secrète

Te troublent maintenant à ma vue, ô poëte !

A ce trop juste accueil je suis accoutumé,

Les siècles m'ont appris à ne plus être aimé.

Sois béni cependant ! Ta main toucha la mienne ;

Tu m'as comblé des dons de ta table chrétienne ;

Ta source a rafraîchi mes pieds las et poudreux ;

Le maudit te bénit encore ! Sois heureux ! »

Il dit, et vers le seuil il reprenait sa route,

Quand, m'élançant vers lui pour l'arrêter : « Écoute,

M'écriai-je, Ahasver! tes yeux se sont mépris.

Je n'ai pu m'empêcher de paraître surpris.

Mais connais mieux mon cœur; quelle que soit ta faute,

Du malheur à mes yeux tu n'es plus rien que l'hôte;

Si grand que soit ton crime et qui t'a condamné,

Je ne puis voir en toi rien qu'un infortuné.

De si haut qu'ait tonné l'arrêt de la justice,

Ce n'est pas moi qui suis chargé de ton supplice.

Je n'entends pas jamais et surtout aujourd'hui

Être à froid le bourreau des jugements d'autrui.

Dieu t'a condamné, soit! Je révère et m'incline;

Mais lui-même il m'a dit de sa bouche divine :

« Que ta première loi soit d'aimer ton prochain.

« Prends l'affligé pour frère et donne-lui la main. »

Et d'ailleurs, n'es-tu pas mon hôte, d'aventure ?

Quand le ciel et la terre et toute la nature

Te crieraient : « Anathème ! » il ne sera pas dit

Que celui qui mangea mon pain, fût-il maudit,

Dût repasser le seuil de mon humble demeure

Par un pareil orage et dans une telle heure. »

En effet, la tempête éclatait en fureur.

L'ouragan redoublait la nuit et son horreur.

De larges gouttes d'eau fouettaient les vitres frêles ;

Les solives du toit pliaient ; leurs axes grêles

Craquaient aux coups du vent comme un navire en mer

Qui repousse en grinçant l'assaut du flot amer.

L'éclair au fond du ciel sillonnant les ténèbres

Déchirait l'infini de ses zigzags funèbres ;

La pluie à flots pressés redoublait ; puis enfin

Le tonnerre éclata comme un orgue divin.

Le son majestueux, roulant de cime en cime,

Éveillait sur les monts comme un écho sublime,

Et semblait promener sur des ailes de feu

Du zénith au nadir la colère de Dieu.

« Tu le vois, tout conspire à te fermer la fuite,

Repris-je encor, chaque être a regagné son gîte.

Les animaux des champs et les oiseaux du ciel

Se sont tous abrités pour ce moment cruel.

Comment peux-tu songer à quitter cet asile ? »

Et lui me répondit d'un air triste et tranquille :

« Oui, les bêtes des champs et les oiseaux de l'air

Ont fui dans leur retraite et la pluie et l'éclair.

Mais le proscrit n'a pas où reposer sa tête.

Eh! que me font à moi la nuit et la tempête?

Que de fois, dans l'horreur d'une pareille nuit,

N'ai-je pas, aux éclats de la foudre qui luit,

Cheminé sous le choc d'éléments en démence!

Car partout sous mes pas mon chemin recommence.

Ouvrez-vous! ouvrez-vous! cataracte des cieux!

M'écriais-je, inondez mon front silencieux!

Lavez-y sous les flots de votre onde lustrale

Le stigmate imprimé dans une heure fatale!

Et par les bois, les rocs, les ravins et les monts,

Poursuivi par un chœur d'invisibles démons,

Emportant dans mon âme une tempête humaine,

Sous l'affreux tourbillon allant où Dieu me mène,

Je marchais... jusqu'à l'heure où, tombant sous l'effort,

Je savourais enfin l'avant-goût de la mort.

Mais soudain, une voix éclatante et sonore,

Plus haut que l'ouragan me criait : « Marche encore !

« Pour toi seul, ni repos, ni mort. Marche toujours !

« La justice de Dieu n'a pas eu tout son cours. »

Il s'assit, et, couvrant des deux mains sa figure

Qu'ombrageait à demi sa longue chevelure,

Il resta quelque temps comme accablé ; bientôt,

Je crus entendre un bruit étouffé de sanglot ;

Puis des pleurs, sous ses doigts se frayant une route,

Sur la nappe de lin tombèrent goutte à goutte.

Je contemplais debout ce désespoir muet.

D'une tendre pitié mon cœur se remuait.

Mais devant la grandeur de sa faute fatale,

Je n'osais tenter l'œuvre inutile et banale

Qui porte un nom sacré : la consolation.

Pour nous bercer d'espoir, de résignation,

Pour toucher une plaie encore mal fermée,

Il faut la main d'un ange ou d'une femme aimée.

« N'est-ce pas, me disais-je, un rêve de mes sens

Que tout ce que je vois, j'écoute et je ressens ?

Cet homme dont la vie a traversé les âges,

Contemporain du Christ qu'il abreuva d'outrages,

Dont la sombre légende autrefois m'a bercé,

Est-ce lui que je vois muet, triste, oppressé,

Mouillant de pleurs amers ma table hospitalière ?

Est-ce bien mon foyer ? Est-ce bien la lumière

De la lampe qui veille avec moi chaque nuit,

Qui m'éclaire à présent, moi-même, auprès de lui,

Et vacille en fumant au vent de la tempête? »

Mais Ahasver venait de relever la tête :

« Chose étrange! dit-il en essuyant ses yeux,

Je n'entends plus l'écho de cette voix des cieux

Qui dans mon sommeil même épouvantait mon âme

Et me pressait les flancs d'un aiguillon de flamme.

Depuis le Golgotha c'est la première fois

Dans mon sein déchiré que se tait cette voix.

La justice de Dieu serait-elle lassée?

— Pourquoi pas? dis-je alors en suivant sa pensée;

Si tu reviens à Dieu par un vrai repentir,

De sa rigueur forcée il peut se départir.

Si ton cœur est touché, le sien aussi doit l'être.

Tu ne connais de lui que le juge et le maître;

Le père t'ouvrira les deux bras quelque jour.

Espère! qui jamais a sondé son amour?

Ce n'est pas à l'insecte à mesurer l'abîme.

Homme! pense à ton Dieu d'un cœur plus magnanime.

— Parle, dit Ahasver, parle encore et toujours.

Si tu savais le bien que me font tes discours!

Tu me rouvres le ciel; et ma paupière humide

Ne voit plus l'infini de cet immense vide,

Où s'enfonçaient mes pas comme dans un désert.

Oh! qui saura jamais tout ce que j'ai souffert!

Mais ces pleurs qu'à tes yeux je versais tout à l'heure

N'ont plus leur amertume, et leur source est meilleure.

De mon cœur désormais ils coulent doucement.

Car ce n'est plus l'horreur de mon long châtiment

Qui fait ainsi parfois déborder ma paupière.

Non, c'est le souvenir de ma faute première;

C'est le regard brûlant du céleste martyr,

Dont j'insultai la mort; c'est le saint repentir.

En songeant que de Dieu j'aggravai le supplice,

Je trouve à ma douleur presqu'un amer délice.

Mais avant de comprendre et d'en arriver là,

Avant qu'à mes regards le Dieu se révélât,

Pour vaincre mon orgueil et dompter ma nature,

Il m'a fallu subir des siècles de torture;

Et si je t'en faisais le fidèle récit,

Ton front en m'écoutant deviendrait pâle aussi.

—Pourquoi ne pas parler? dis-je alors; qui t'arrête?

Nous ne pourrions dormir au bruit de la tempête.

Puisque le ciel refuse à nos yeux le repos,

Abrége cette nuit par tes sages propos.

Avant qu'aux cieux le calme ou le jour ne renaisse,

Tu peux par tes récits instruire ma jeunesse.

Le moindre voyageur de retour chez les siens

A de quoi défrayer les plus longs entretiens.

Et toi, qui tant de fois, sans trêve et solitaire,

Voyageur éternel, as parcouru la terre,

De quels temps, de quels cieux, n'es-tu pas le témoin?

Voyager! voyager! le bonheur est au loin!

Faire comme la nue, ou bien l'oiseau qui passe;

Dévorer de ses yeux et de ses pieds l'espace;

Voir des lieux, des climats et des peuples divers;

Conquérir en courant cet immense univers ;

Et rapporter enfin comme dépouille opime

La beauté qui fleurit partout, quel lot sublime !

Hélas ! le mien fut autre, et ce rêve de feu

M'a consumé dans l'ombre où m'avait cloué Dieu.

— Console-toi, dit-il ; la terre est si petite,

Que ton ardent désir se fût calmé bien vite.

Pour trouver la beauté que tu cherches si loin,

De traverser les mers il n'est guère besoin.

Ouvre tes yeux, regarde ! un coin de la nature

T'offre tout l'univers comme en miniature.

Ne vois-tu pas le ciel de partout ? Dans l'éther,

La nuit, n'entends-tu pas les sphères palpiter,

Tandis que sous tes pieds chaque herbe abrite un monde ?

Regarde encor plus près : dans ton âme profonde

Dieu comme en un foyer n'a-t-il pas réuni

L'image du réel et le rêve infini ?

C'est là, c'est là surtout, dans ce monde invisible,

Où la réalité s'augmente du possible,

Loin de la foule inepte et du chemin banal,

Qu'éclôt dans les grands cœurs la fleur de l'idéal.

Crois-moi, l'eau, l'air, le ciel, l'homme est partout le même.

Cherche en toi, cherche en Dieu cette beauté suprême ;

Et, sans franchir les mers, sans changer d'horizon,

Regarde l'infini du seuil de la maison

Où tu perdis ta mère, où tes fils devront naître ;

Vis, souffre, et dans tes pleurs tu verras t'apparaître

Le modèle divin, l'exemplaire éternel

De tout ce qui fleurit de beau sous notre ciel.

— Hélas ! notre existence est si vaine et si brève

Que nous entrevoyons le monde comme un rêve.

Nous commençons à peine à lire dans les cieux

Que la mort nous arrête et nous ferme les yeux.

Mais toi, l'éternité t'armait de patience.

Les jours ont dû t'ouvrir des trésors de science.

L'homme, les temps, les lieux, sont sans secrets pour toi,

Et de tout ici-bas tu dois savoir la loi.

—Détrompe-toi, chaque homme en arrivant au monde,

Suivant ses devanciers et leur trace féconde,

Recueille en quelques ans dans son avide esprit

Ce que l'humanité dans des siècles apprit.

Pas à pas, jour par jour, siècle à siècle, avec elle.

J'ai gravi longuement cette pénible échelle,

Où Dieu te déposa sur le dernier degré.

En naissant tu reçus comme un dépôt sacré

Ces vérités qu'un âge apprend des autres âges,

Ce trésor lentement amassé par les sages,

Et que tu transmettras à tes enfants demain.

Nous avons tous les deux fait le même chemin ;

Mais je l'ai dû frayer avec toute la terre,

Ainsi qu'un pionnier, pas à pas, pierre à pierre.

Toi, tu l'as parcouru dans un char en un jour.

Nous arrivons ensemble au même carrefour ;

Tu n'as fait que deux pas : je marche dès l'aurore.

Tu lis où j'épelai longtemps ; ou bien encore

Je suis venu plus tôt à l'école que toi ;

Voilà tout ; mais tu sais la leçon comme moi.

— A quoi donc t'a servi cette longue existence ? »

Dis-je alors, sans songer à mon trop d'insistance.

Il sourit d'un air triste et puis me répondit :

« Je m'en vais te le dire. Écoute mon récit. »

TROISIÈME CHANT

III

L'EXPIATION

L'EXPIATION

Avant de commencer sa triste et longue histoire,

Comme pour tout revoir d'un trait dans sa mémoire,

Ahasver un instant mit son front dans sa main.

Alors j'emplis la lampe et jusqu'au lendemain

Je fis brûler dans l'âtre un vieux tronc de mélèze;

Je m'assis devant lui pour le voir plus à l'aise;

Et, tandis qu'au dehors l'eau ruisselait à flots,

Ahasver commença son récit en ces mots :

« Le monde entier connaît mon crime et ma démence;

Mais ce qu'il ne sait pas, c'est la misère immense

Qui fut mon châtiment, hélas! trop mérité :

Le plus grand des forfaits, c'est l'inhumanité !

Longtemps, comme un feu lent qui sous la cendre brûle,

Comme un poison caché qui dans nos flancs circule,

La malédiction qui pesait sur mon front

Me laissa respirer dans un calme profond.

Dieu seul est patient : lui seul aussi peut l'être;

Car du temps fait pour nous l'Éternel est le maître.

Cependant, par instants, dans ma sécurité,

Un doute affreux perçait mon esprit agité ;

Une vague terreur épouvantait mon âme :

Si Dieu s'était caché sous cette croix infâme ?

Me disais-je ; et la nuit j'entendais une voix

Terrible : « Marche ! marche ! et porte aussi ta croix ! »

Mais le jour radieux, dissipant les ténèbres,

Chassait avec la nuit ces visions funèbres ;

Et libre désormais, honteux et triomphant,

Je riais de moi-même et me traitais d'enfant.

Alors pour m'étourdir je m'agitais sans trêve ;

La vie en tourbillon m'emportait comme un rêve.

Ce n'était que des jeux, des danses, des festins,

Qu'éclairaient jusqu'au jour des flambeaux clandestins ;

Ou, soudain me plongeant dans d'austères pratiques,

De la maison de Dieu j'assiégeais les portiques.

Je cherchais à me fuir ; il fallait, à tout prix,

En dehors de moi-même occuper mes esprits.

« Un soir j'étais assis sur le mont dont le faîte

Porte au ciel le palais où dort le Roi-prophète.

Je voyais à mes pieds se creuser le vallon

Que de son eau fangeuse arrose le Cédron :

C'était de Josaphat la funèbre vallée,

De morts et d'ossements solitude peuplée.

La poussière n'est là que la cendre des morts.

Là, fatigué de fuir sans cesse mes remords,

D'éviter le combat et de demander grâce,

J'attendis ce fantôme et lui fis enfin face :

« Eh ! quand cette menace et ces cris seraient vrais,

Quand jusqu'au dernier jour du monde je vivrais,

Me dis-je, où serait donc ce malheur si terrible ?

Est-ce bien là l'objet de ma frayeur risible ?

Qu'ai-je à perdre ? La mort. Si c'est un châtiment,

Acceptons-le sans crainte et portons-le gaiement.

Si Dieu veut m'oublier pour toujours sur la terre,

C'est le sort que j'aurais demandé sans mystère.

Vivre éternellement, comme Dieu dans le ciel,

N'est-ce pas le désir, le vœu de tout mortel ?

Être maître du temps, c'est l'être aussi du monde.

Je jouirai de tout dans une paix profonde.

J'aurai la gloire, l'or, l'empire, et je verrai

Tous les peuples fléchir sous mon sceptre adoré.

Qui sait même?... Il se peut que je sois le Messie!

C'est dans ces jours, suivant l'antique prophétie,

Qu'il doit inaugurer son empire éclatant.

Dieu m'éprouve ; il m'appelle, et le monde m'attend. »

« Une joie indicible inonda ma poitrine.

J'y crus sentir monter une séve divine ;

Et plein de ces pensers, ivre d'un fol orgueil,

De mon humble maison je regagnai le seuil.

« Dieu m'y laissa longtemps savourer ce doux rêve ;

Mais enfin sa justice allait tirer le glaive,

Et me frapper dans tout ce que j'avais de cher :

Mon premier châtiment m'attendait dans ma chair.

« Les jours avaient marché, laissant sur leur passage

A tous les fronts mortels un trop visible outrage.

Ma femme vieillissait ; soucieux et chagrins,

Mes enfants avaient l'air de mes contemporains.

Le temps pesait sur tous. Pour moi, son vol rapide

M'effleurait sans laisser à ma joue une ride,

Comme il fit pour ces dieux et ces jeunes héros

Que la Grèce autrefois tailla dans le Paros,

Dont l'œil contemple encor l'éternelle jeunesse.

Oublié par la mort, même par la vieillesse,

J'étais tel que je fus, tel que je suis encor,

Et tel que je serai jusqu'au jour où la mort,

Brisant aux pieds de Dieu cette terre mortelle,

Me jettera vivant à ses pieds avec elle !

Mon rêve devenait une réalité.

J'allais donc vivre encor toute une éternité !

Cette idée exaltait et dilatait mon âme ;

Elle m'enveloppait d'une atmosphère en flamme

Qui m'isolait du monde et me brûlait les yeux.

Mais, tandis que mon front frappait ainsi les cieux,

Le froid m'envahissait ; déjà sa main livide

M'étreignait ; et bientôt j'étouffai dans le vide.

« Ma femme s'éteignit dans mes bras. Je l'aimais ;

Et quoique cet amour ne s'effaça jamais,

Dieu qui faisait deux lois pour nos deux existences,

Avait disjoint nos cœurs, nos plaisirs, nos souffrances.

Au moins, quand on vieillit ensemble, au coin du feu,

Des injures du temps l'amour s'aperçoit peu ;

On se revoit toujours sous cette même image,

Sous ces traits adorés dans la fleur du jeune âge.

Le passé sur les deux jette son prisme d'or ;

Par leur âme immortelle ils s'adorent encor,

Et la main dans la main, sans trouble, sans secousse,

Ils glissent à la mort par une pente douce.

Mais, ô cruel supplice! ô spectacle d'horreur!

Sentir ce qu'on aimait se faner sur son cœur!

Voir au contact impur des rapides années

Ses charmes se flétrir, ses lèvres profanées!

Au lieu de ces beautés qu'on adorait avant,

Ne tenir dans ses bras qu'un cadavre vivant,

Et jeune, dans son cœur sentir la même flamme!

C'est mourir dans autrui par les sens et par l'âme.

Cette atroce douleur brisa mon corps de fer.

Si tu n'as pas aimé, va, tu n'as pas souffert!

« Mais Dieu, dont seulement commençait la justice,

Allait me retourner sur un autre supplice.

« Je t'ai dit que mes fils étaient devenus vieux ;

Ma jeunesse étonnait leurs regards envieux.

Plus tard, à la surprise il se mêla l'effroi.

Leurs cœurs de plus en plus se fermèrent pour moi ;

Je n'étais plus pour eux qu'un obstacle, une gêne.

Leur révolte à la fin grandit jusqu'à la haine.

Je croyais toucher là le comble de l'horreur.

Rien n'arrêta bientôt leur rage et leur fureur,

Et la cupidité, mordant ces cœurs avides,

Les gonfla du venin des complots parricides.

Tu frémis.... mais attends ; tu seras père un jour ;

Ton cœur s'élargira pour cet immense amour.

Alors, si mon récit te revient d'aventure,

Alors tu comprendras quelle fut ma torture !

« Las de voir s'émousser le fer et le poison,

Ces fils dénaturés quittèrent la maison.

Soit honte, soit terreur que le remords suggère,

Ils allèrent mourir sur la terre étrangère.

Un seul ne quitta pas le foyer paternel.

C'était le dernier-né, le doux Emmanuel,

Fruit pâle et délicat d'une branche flétrie,

Né le jour où le Christ donna pour nous sa vie.

Il était aussi beau que son ange gardien ;

Son âme ouverte au ciel ne voyait que le bien.

De ses frères jamais il ne comprit le crime :

Dieu l'avait animé d'un souffle trop sublime.

Comme un glaive à l'étroit son âme usait son corps ;

Son ardente pensée en brisait les ressorts.

Je l'aimais d'un amour immense et solitaire ;

Mais lui semblait un être étranger à la terre.

Jamais une caresse, un sourire, un regard,

Ne montait jusqu'à moi, pas même par hasard.

Son cœur ardent au bien n'était pour moi que glace;

Bientôt de la froideur le dégoût prit la place,

Puis l'horreur! Et je vis, père désespéré,

Que Dieu, de cet enfant chétif, décoloré,

Avait fait contre moi l'archer le plus terrible

Qui pût venger son Fils et sa grandeur visible.

« Il languit quelque temps. Debout, près de son lit,

Je vis bientôt la mort glacer son front pâli.

Mais avant de mourir, dans sa longue agonie,

Un prodige effroyable étonna mon génie,

Et me doubla l'horreur de son horrible mort.

Soit délire ou hasard, châtiment ou remord,

A l'heure où sur les fronts d'une argile moins pure,

Sous les doigts de la mort l'âme se transfigure,

Je vis (ou je crus voir) son visage amaigri

Prendre de plus en plus les traits de Jésus-Christ.

C'était lui! seulement plus enfant et plus blême;

Mais cette majesté, cette douceur suprême,

L'âme partout visible, et son geste, et sa voix,

Et surtout cet œil doux et terrible à la fois;

C'était lui, toujours lui! Qui pourra jamais dire

Tout ce que j'ai souffert dans cet affreux délire?

« Il mourut : ou plutôt il renaquit au ciel,

Seul séjour de ce corps trop immatériel.

Dix-huit siècles de peine ont passé sur cette heure,

Et, comme au premier jour, je le vois et je pleure,

Et jusqu'à ce que Dieu ferme enfin l'avenir,

Mon cœur en gardera le poignant souvenir !

Il mourut au moment, au jour anniversaire

Où le Christ était mort pour tous sur le Calvaire.

Je reconnus le Dieu dans ses terribles coups ;

Mais je ne pliai pas devant lui les genoux.

L'horreur seule cloua mon front dans la poussière.

Un autre de mon fils dut fermer la paupière ;

Et quand on l'emporta roulé dans son linceul,

Je restai seul, sans fils, sans amis, seul, tout seul !

« Sans amis ! L'homme est fait pour vivre avec les hommes.

Ils ont beau nous blesser, débiles que nous sommes,

Il faut nous réunir, comme l'on voit les blés

Serrer sous l'aquilon leurs épis rassemblés.

Je voulus me mêler à mon peuple, à la foule.

Mais comme un roc debout dans un fleuve qui coule,

Immobile au milieu des générations,

J'avais vu les mortels glisser par millions.

Le fleuve humain roulant son onde fugitive

Avait passé. J'étais resté seul sur la rive.

D'un voyage lointain je semblais revenu;

Parmi des inconnus j'errais en inconnu.

Les choses seulement me restaient familières,

Et pour contemporains je n'avais que des pierres.

A peine les vieillards, même les plus lointains,

Me reconnaissaient-ils de leurs regards éteints.

A mon nom, à ma vue, ils secouaient la tête.

Heureux si leur mémoire était pour moi muette!

J'étais de trop au monde, et je voyais partout

Les signes de l'horreur, du mépris, du dégoût,

Tous les regards surpris me disaient au passage :

« Pourquoi n'es-tu pas mort avec ceux de ton âge ? »

Ou : « Pourquoi les tombeaux sont-ils si mal fermés ? »

Et mille étranges bruits de vérité semés

Circulant sourdement préparaient la tempête

Que le peuple crédule amassait sur ma tête.

« Les chrétiens, dont l'essaim s'était multiplié

Et grandissait toujours, n'avaient pas oublié

La malédiction qu'à son heure suprême

Le Maître avait laissé tomber sur mon front blême.

J'étais entre leurs mains un miracle de plus,

Une preuve vivante en faveur de Jésus.

Le Sanhédrin s'émut ; le Temple prit l'alarme.

Ces vieillards cauteleux avaient compris quelle arme

Ma vie allait fournir aux ardents novateurs.

Ils lancèrent sur moi leurs plus vils délateurs.

Je ne pus déjouer leur astuce et leurs trames ;

Jeté dans un cachot, chargé de fers infâmes,

Il me fallut répondre à l'accusation

De semer le blasphème et la sédition.

A peine daigna-t-on écouter ma défense ;

Je vis que pour punir ma prétendue offense

L'exil était déjà décrété. Les Romains

M'avaient sur ces griefs remis entre leurs mains ;

Car déjà dans ce temps la Judée asservie

Avait perdu le droit et de mort et de vie.

Par ces Pharisiens je fus donc condamné.

Debout, au pilori je parus enchaîné ;

Et là, sous le soleil, aux yeux d'un peuple immense,

Le bourreau proclama mon inique sentence :

« L'exil perpétuel ! » Et quand il l'entendit,

Le peuple avec fureur sous mes pieds applaudit.

De ma colonne infâme, à ces clameurs vulgaires,

Je me souvins du Christ qu'il insultait naguères.

« Peuple vil ! m'écriai-je, et dont la cruauté

Traite un persécuteur comme un persécuté,

Quand cesseras-tu donc d'être lâche et stupide?

Tu n'es comme la mer qu'un élément perfide.

Comme elle tu te meus au hasard, sans raison ;

Mais tu n'as pas comme elle un immense horizon,

Et tes flots agités sur une vase immonde

Laissent dormir en toi les éléments d'un monde ! »

« On vint me délier ; un groupe de soldats

Jusqu'aux murs de la ville accompagna mes pas.

Et suivi de la foule et de son long murmure,

Chaque enfant me jetant au passage une injure,

Je franchis furieux la porte de Sion.

Alors je lui lançai ma malédiction ;

Et je partis la rage au cœur, la mort dans l'âme,

Frappé dans mon pays, dans mes fils, dans ma femme. »

QUATRIÈME CHANT

IV

LE REPENTIR

LE

REPENTIR

Ahasver attendri, s'arrêtant à ces mots,

Mit la main sur ses yeux et prit quelque repos.

Mais bientôt, d'un regard et d'une voix plus fermes

Renouant son récit, il reprit en ces termes :

« Pardonne cet instant de faiblesse. Tu vois

Que le seul souvenir de ces maux d'autrefois

Suffit pour ranimer ces trop vives blessures.

Dix–huit siècles en vain m'ont flétri de tortures;

Elles saignent toujours. Il en est des douleurs

Qui nous ont fait verser les premiers de nos pleurs,

Comme des jours heureux du printemps de notre âge;

L'éternité ne peut en effacer l'image.

« Que te dire des jours qui suivirent ces jours ?

Nuls coups aussi cruels n'en marquèrent le cours.

Pourtant Dieu n'avait pas épuisé sa colère.

La meule attend le grain qu'on a battu dans l'aire.

Après avoir brisé mon cœur et ses liens

Avec mes fils, ma femme et mes concitoyens,

Il fallait l'écraser au contact dur et rude

Et de l'homme et du temps et de la solitude.

Je croyais que j'allais vivre éternellement

Tranquille, après avoir subi ce châtiment.

« Que puis-je encor souffrir? disais-je; ma poitrine

N'offre plus une place à la flèche divine. »

Insensé! je croyais que j'avais tout souffert,

Et je foulais déjà le seuil d'un autre enfer!

« Pour fuir plus promptement ce qui fut ma patrie

Je m'embarquai, roulant dans mon âme flétrie

La haine, la vengeance et la destruction,

Qu'un an plus tard Titus fit tomber sur Sion.

J'allai, sans perdre au loin ma course vagabonde,

Droit à Rome, ce centre et ce pivot du monde,

Ce gouffre insatiable où tout aboutissait,

Où l'or, le sang, l'honneur de tous s'engloutissait.

Là, perdu dans les flots de cette foule immense,

Je voulus rebâtir ma nouvelle existence,

Et, sans être ébloui par toutes ces splendeurs,

Je repris à l'écart mon rêve de grandeurs.

« L'empire, me disais-je, appartient à la force.

Ce chêne antique est mort; il n'a plus que l'écorce;

La séve des vieux jours n'y monte plus au cœur;

La vertu n'est qu'un nom et le glaive est vainqueur.

De vils prétoriens offrent l'empire à vendre.

Pourquoi, quand avec l'or chacun y peut prétendre,

Dans ma vie éternelle et ses mille hasards,

Ne vêtirais-je pas la pourpre des Césars? »

« Voilà ce que rêvait mon cœur encor crédule.

Mais Dieu, pour dissiper ce songe ridicule,

Ne fit qu'abandonner au temps l'ambitieux.

Il fallut peu de jours pour dessiller mes yeux.

« Deux malédictions s'attachaient à ma trace :

Celle de ma personne et celle de ma race.

Un Juif faisait horreur au plus vil des Romains ;

Un Juif était partout le rebut des humains.

Ainsi je n'avais fait que prolonger ma chaîne,

Et ma patrie au loin m'atteignit de sa haine !

Ainsi je n'avais fait, en changeant de pays,

Que de changer d'affronts, d'insultes, de mépris !

Alors, sans renoncer à ma grandeur future,

L'orgueil encor saignant de cette autre torture,

Je partis, j'allai voir si des bords plus lointains

Ne me réservaient pas de plus heureux destins.

Mais Rome était l'empire, et l'empire la terre ;

Et j'eus beau reculer mon exil volontaire,

Même aux confins du monde, après un certain temps,

Il me fallait subir ces mépris insultants,

Ce vide inexorable et cette horreur fatale

Dont j'avais tant souffert sur ma terre natale.

« Ainsi je dus traîner et mes jours et mes nuits

Dans un cercle sans fin de misère et d'ennuis !

« Puisque l'ambition se dérobait si vite,

Et, comme ce fruit né près du lac Asphaltite,

Ne laissait que poussière et cendre dans mes mains,

Puisque j'étais en proie à tant de lendemains,

Il fallait un nouvel aliment à ma vie.

Je cherchai quel désir, quel rêve, quelle envie

Pourrait combler les jours de mon éternité.

Je ne vis que l'amour et que la volupté !

Je m'y ruai. — J'appris l'art vulgaire et facile

De surprendre un cœur jeune, innocent et tranquille,

D'inspirer la pitié, cette aube de l'amour,

Puis l'amour radieux qui se lève à son tour ;

Enfin la passion, cet orage de l'âme

Qui s'éteint dans les pleurs et dans les pleurs s'enflamme.

La volupté m'apprit ses plus secrets transports.

Je voulus m'y plonger tout entier, âme et corps ;

J'essayai d'étourdir mon esprit à la gêne

Dans cette passion unique et souveraine.

Mais mon cœur, comme un vase entr'ouvert par le bout,

En laissait fuir l'extase et gardait le dégoût.

En vain à ces plaisirs je demandais l'ivresse ;

Je n'avais plus la seule excuse, la jeunesse.

On ne repasse point par le même chemin.

Ce n'était plus le jour ; j'étais au lendemain.

Je savais. Vainement, dans l'ardeur de la fièvre,

Je voyais la beauté se suspendre à ma lèvre ;

Je savais que ces traits adorés et charmants

Ne seraient bientôt plus que d'affreux ossements ;

Que ces yeux pleins de feu, que ces lèvres de rose

S'allaient clore dans l'ombre où tout se décompose,

Qu'un ver impur aurait leurs baisers le dernier.

Horreur ! Pour moi l'amour ne fut plus qu'un charnier.

Je frémis. J'éloignai de mes lèvres avides

Ce calice hideux de voluptés fétides,

Et je compris enfin cette immortalité

Qui me mettait ainsi hors de l'humanité.

« J'errai donc sans amour, sans amis, sans patrie.

Chaque ville au hasard fut mon hôtellerie.

Mais, comme un voyageur fatigué du chemin

Qui s'arrête le soir et part le lendemain,

Pressé par l'aiguillon des jours au vol rapide,

Je ne m'attardais plus jusqu'à l'heure où le vide

Se faisait de lui-même à l'entour de mes pas.

Je m'en allais afin qu'on ne me chassât pas.

Combien de fois le soir, n'ai-je pas dû redire

Ces mots que m'adressa le Christ dans son martyre :

« Laisse-moi sur ton seuil me reposer un peu ! »

Et moi qui repoussai l'homme où se cachait Dieu,

On m'accueillait partout en son nom. La misère

De par lui me couvrait d'un sacré caractère ;

Et je devais subir l'aumône et les bienfaits

Du juge qui m'avait condamné pour jamais !

« C'est ainsi que vingt fois j'ai parcouru la terre,

Laissant sur mon passage une énigme, un mystère ;

Jusqu'à ce que le monde, enfin le pénétrant,

Me saluât partout du nom de Juif-Errant.

« Si je voulais te dire en détail ma carrière,

Il me faudrait des jours, des ans, ta vie entière.

Pour abréger un peu ce récit déjà long,

Je ne fais que poser par moment un jalon.

Ton esprit remplira lui-même les distances

Et pourra reconstruire ainsi mes existences,

Puisqu'il faut que j'enferme en ces trop courts instants

Ce qui dura des jours, des siècles, des mille ans.

« La terre cependant avait changé de face.

Des peuples disparus d'autres prenaient la place.

Chose étrange ! Frappés de persécutions,

Les chrétiens morts martyrs renaissaient nations !

Un autre esprit souffla sur le monde. L'Église

S'essayait à régner sur la terre soumise ;

Et l'empire romain croulait de toute part.

S'élançant à l'assaut de l'immense rempart,

Les nations du Nord, comme des troupes fraîches,

Se relayaient sans cesse et passaient par cent brèches ;

Et, versant au vieux monde un sang jeune et vermeil,

Venaient prendre leur place au pays du soleil.

Scythes, Sarmates, Franks, Goths, Vandales, Abares,

L'esprit chrétien domptait l'âme de ces barbares.

Comme des léopards qu'on abreuve de lait,

L'Église leur versait l'Évangile à long trait.

Leur âme encor naïve, étonnée et ravie,

Y buvait les vertus d'une nouvelle vie ;

Et le rude vainqueur, le géant triomphant

Se couchait à ses pieds comme un petit enfant.

« Longtemps le monde eut l'air d'un chaos de ruines.

Mais l'ordre enfin se fit selon les lois divines ;

Et la terre à genoux vit régner à la fois

Le pape et l'empereur à l'ombre de la croix.

Heureux s'ils savaient mieux la ligne qui sépare

Le prêtre et le soldat, le glaive et la tiare !

A leurs voix, l'Occident, rassemblant ses tribus,

S'armait pour délivrer le tombeau de Jésus ;

Et le torrent roulait son onde débordée

Jusqu'à ce qu'il touchât le sol de la Judée,

Et que Jérusalem, veuve des Sarrasins,

Vît flotter sur ses murs l'étendard des Latins !

« Au retour, et malgré les luttes féodales,

L'esprit chrétien couvrait le sol de cathédrales,

Où sur la pierre à jour et les vitraux en feu,

Le peuple encor muet n'osait parler qu'à Dieu.

Comme un nouveau pressoir où l'âme est condensée,

La presse délia sa langue et sa pensée.

Bientôt l'antiquité, renaissant du tombeau,

De ses vives clartés ralluma le flambeau.

A peine la science a rouvert l'ancien monde,

Qu'un nouveau continent surgit du sein de l'onde.

Tout s'anime. L'esprit comme un ardent foyer

Reforge tout ; l'Europe est un vaste atelier

Que d'un flot de rayons un jour plus vif pénètre.

L'homme veut toucher tout, tout savoir, tout connaître.

L'Église, déchirée une seconde fois,

Voit la moitié du monde échapper à ses lois.

A travers tant d'erreurs, de sang, l'esprit moderne

Se cherche, se saisit, se règle, se gouverne,

Et marche à l'avenir dans sa sécurité.

Il a vu son étoile au ciel : la liberté !

« Spectacle merveilleux ! grandiose épopée,

Où l'esprit taille en gros sa besogne à l'épée !

Mais un voile couvrait mon âme dans ces jours.

Je voyais le temps fuir sans comprendre son cours.

Il jetait sous mes pas ruine sur ruine,

Je n'y voyais qu'un jeu de la fureur divine.

Un immense dégoût m'inondait en entier.

Il fallait à tout prix me fuir et m'oublier.

Je n'avais plus au cœur qu'un sentiment : la haine

De Dieu, de moi, de tous, de chaque chose humaine.

Tout ce que je voyais était un aliment

Qui nourrissait le fiel de mon ressentiment.

Partout je rencontrais plein d'une horreur profonde

Le Crucifix ouvrant ses deux bras sur le monde,

Pour y semer l'espoir, le pardon et l'amour,

Et pour me condamner ainsi qu'au premier jour.

Partout je rencontrais, même aux confins des pôles,

Des Juifs chargés d'opprobre et pliant les épaules

Sous les plus vils fardeaux, et portant sur leurs fronts

Les stigmates impurs des plus sanglants affronts.

Cette communauté d'exil et de misère

Allumait à la fois ma joie et ma colère.

A l'aspect de mon peuple en proie au fouet divin,

Je me reconnaissais pour le fils de Caïn :

OEil pour œil, dent pour dent, j'étais de leur engeance ;

Et, songeant au passé, je goûtais ma vengeance.

« Pourtant une pensée en arrêtait l'essor :

Ces Juifs foulés aux pieds étaient heureux encor ;

Ils espéraient ; leurs fils auraient des jours prospères.

Leurs yeux verraient ce Christ tant promis à leurs pères,

Qui devaient rassembler les tribus d'Israël,

Et leur donner la gloire et l'empire éternel.

Ils mouraient consolés ! Tandis que ma souffrance,

Comme elle était sans fin, était sans-espérance ;

Et que je n'avais pas même un songe menteur

De Messie à venir et de libérateur !

« Souvent une autre idée épouvantait mon âme,

Mais je me gardais bien de suivre cette flamme.

Comme si j'eusse dû craindre encor de souffrir !

Je repoussais la main qui voulait me guérir.

Le jour venait chercher malgré moi ma paupière,

Aveugle ! et je fermais mes yeux à la lumière !

Mais plus je voulais fuir ce rayon obstiné,

Plus le jour pénétrait mon esprit dominé ;

Et l'idée à la fin devenant évidence

Vint élargir encor mon désespoir immense.

O Christ ! c'était de voir ton règne sans retour,

L'homme de plus en plus vivre de ton amour,

Et comme un nourrisson qu'on porte à la mamelle

S'attacher dans tes bras à la vie éternelle.

C'était de jour en jour de mieux sentir mon tort ;

C'était d'être si faible et de te voir si fort ;

C'était de confesser malgré moi ta victoire,

De voir le temps grandir ma misère et ta gloire,

Et, vaincu, de sentir comme un trait du vainqueur

Cette conviction s'enfoncer dans mon cœur !

« Ainsi traînant partout ma flèche empoisonnée,

J'étais venu finir à Rome l'autre année.

J'aime Rome et sa paix ; un invincible aimant

Y ramène les pas du voyageur errant..

L'âme y respire mieux. Au fond de ce cratère

Dont la lave a jadis conquis toute la terre, .

On sent un avant-goût du calme des tombeaux.

La Grèce et l'Orient ont des soleils plus beaux ;

Naples avec sa mer heureuse vous convie

Comme une fleur d'un jour à cueillir cette vie.

Mais du sein des déserts où sa majesté dort

Rome enseigne à l'esprit le secret de la mort.

« J'aimais à m'égarer dans ces champs de ruines

Dont les marbres épars couvrent les sept collines.

Tant de silence après tant de bruit ! Ce long deuil

De gloire et de grandeur plaisait à mon orgueil.

Mais parmi ces débris de la splendeur romaine

Sur ce sol exhaussé par la poussière humaine

Je retrouvais le Christ plus triomphant encor,

Assis, le sceptre en main, dans la pourpre et dans l'or.

« Un soir, de ces combats l'âme toute brisée,

J'étais allé m'asseoir au haut du Colisée.

Le soleil se couchait, et ses derniers regards,

Glissant sur les débris du palais des Césars,

Du cirque gigantesque illuminaient la cime.

L'heure était solennelle et la scène sublime.

Vingt siècles à mes pieds haussaient leurs détritus ;

Devant moi le Forum, plus près l'arc de Titus,

Des colonnes, des arcs, au fond le Capitole

Que surmonte la croix comme un nouveau symbole ;

Puis la ville éternelle asseyant sur sept monts

Ses temples, ses palais, ses villas, ses maisons.

« Je contemplais muet ces grandeurs disparues :

Quelques pieds de poussière où gisent des statues ;

Un Romain mendiant sous un arc triomphal ;

Le Forum qui n'est plus même un marché banal ;

Des marbres que le temps a sillonnés d'insultes ;

Des temples sans leurs dieux, leurs noms, leurs toits, leurs

Un caravansérail ouvert aux nations ;   [cultes ;

De grands noms, vieille pourpre abritant des haillons,

Où pourtant la beauté laissa quelques vestiges ;

Voilà donc ce que l'âge a fait de tes prodiges,

O Rome ! est-ce bien toi ?...

Soudain l'*Ave Maria*

Aux derniers bruits du jour dans l'air se maria.

L'appel venait du mont où les Passionnistes

Veillent sous des cyprès immobiles et tristes.

Comme un fidèle écho qui répond le premier,

Les moines du Liban, dont j'aimais le palmier,

Tintèrent à leur tour ; et le son dans l'air libre

De clocher en clocher roula le long du Tibre.

Longtemps, les yeux fixés à l'horizon lointain,

J'écoutai dans le ciel fuir le timbre argentin.

Mais, tandis que mon âme un moment attendrie

Laissait avec le son flotter sa rêverie,

Déjà le crépuscule avait pâli les cieux ;

Et quand plus près de moi je ramenai les yeux,

La nuit tombait ; la lune, à travers les arcades,

Sur les gradins détruits ruisselait en cascades.

Sous les pâles rayons le colosse éternel

Se dressait formidable et montait vers le ciel.

A la place où jadis flottaient les grandes toiles,

Dans le velarium de l'Éther les étoiles

Fixaient leurs diamants ; et sous mes pieds sans bruit,

Comme l'haleine fraîche et pure de la nuit,

La brise agitait l'herbe et les grandes broussailles

Dont elle avait semé les fentes des murailles.

« La lune prête à tout sa pâle majesté,

Et laisse aux monuments qui sont beaux leur beauté.

La grâce et la grandeur règnent dans cette enceinte ;

Mais la nuit la revêt d'une beauté plus sainte.

La nuit a ses terreurs, ses mystères. La nuit,

Dieu met moins de distance entre nos sens et lui.

Assis sur les derniers gradins du cirque immense,

Je laissais déborder mes rêves en silence.

Ces murs où s'asseyait jadis le peuple-roi,

Ces murs vainqueurs du temps étaient moins vieux que mo

J'avais vu les Hébreux les bâtir pierre à pierre,

Et leur Jérusalem gisait dans la poussière !

Sur ce sable, où la lune endormait ses rayons,

J'avais vu les martyrs broyés par les lions,

Aux clameurs que poussait l'immense multitude.

Maintenant quel silence et quelle solitude !

L'araignée a tendu ses fragiles réseaux

Dans l'antre où les lions se heurtaient aux barreaux !

Où glissait dans le sang le pied du belluaire

L'Église triomphante a fait un sanctuaire;

Et sur le sol témoin des chrétiens massacrés

La croix victorieuse étend ses bras sacrés !

« Et la nuit avançait; des sphères infinies

J'entendais sur mon front flotter les harmonies.

Je sentis je ne sais quel attendrissement;

L'extase me saisit et le ravissement.

L'ombre qui divisait en deux l'amphithéâtre

Parut en élargir les flancs dans l'air bleuâtre;

Et le cirque, élevant plus haut son front géant,

Entr'ouvrit plus profond son cratère béant.

Tout à coup, en plongeant mes yeux dans cet abîme,

Je sentis aux cheveux le frisson du sublime,

Et je crus devant moi voir passer en ce lieu

Comme une vision de la splendeur de Dieu!

Tout prit un autre aspect à mes yeux; le silence

Parut comme la nuit devenir plus intense.

9

Les étoiles, le ciel, l'air, la terre à la fois,

Tout sembla s'animer et tout prit une voix.

Les arbres qui croissaient au penchant des ruines,

Sous un souffle inconnu pliant sur leurs racines,

Couchèrent sur les murs leur feuillage mouvant,

Comme s'ils s'inclinaient devant le Dieu vivant.

Des voix planaient dans l'air comme un appel suprême;

La rosée, en tombant, semblait me dire : « Aime ! aime ! »

La brise à mon oreille, expirant en soupir,

Y laissait ces deux mots : « Amour et repentir ! »

La mousse, sous mes pieds, d'une haleine attendrie,

Murmurait doucement : « Repens-toi, pleure et prie ! »

Les étoiles du ciel, dans leur langue de feu,

Me criaient : « A genoux ! ton vainqueur est un Dieu ! »

Et les pleurs qui tombaient du travertin sonore

Répondaient : « A genoux ! Pourquoi tarder encore ? »

Puis ces voix de la terre et ces accents du ciel,

Unissant leurs accords en chœur universel,

Reprenaient à la fois comme un conseil suprême :

« A genoux ! à genoux ! Laisse là le blasphème ! »

« Pâle et muet d'horreur, comme en rêve, à ces voix,

Je vis, sous les rayons de la lune, la croix

Qui s'élève au milieu de l'arène en ruine,

Me montrer sur ses bras une forme divine....

Je reconnus ce front d'épines couronné ;

Sous un regard divin je fus comme enchaîné ;

Puis une voix, hélas ! qui m'était trop connue,

Montant dans le silence et dans la nuit émue,

Jusqu'au fond de mon cœur vint me dire à son tour :

« Pourquoi me fuir ? Ton seul refuge est mon amour. »

« A cette voix, les murs tremblèrent sur leur base ;

Les étoiles en feu scintillèrent d'extase ;

Je sentis dans mon sein le froid d'un fer aigu.

« O Christ ! dis-je en courbant le front, tu m'as vaincu ! »

Mon cœur s'ouvrit ; des pleurs comme une autre rosée

Coulèrent lentement sur ma joue arrosée,

Et mes genoux sous moi se pliant sans effort,

Je tombai sur le sol comme tombe un corps mort.

« Quand je me relevai, vers l'orient l'aurore

Comme une pâle fleur au ciel allait éclore.

Les arbres s'agitaient sous la brise, et du jour

Les oiseaux gazouilleurs saluaient le retour.

Je me mis à genoux devant Dieu sur la pierre ;

Mon âme se fondit doucement en prière.

Une ineffable paix descendit dans mon cœur.

Je rendis gloire à Dieu ; je bénis mon vainqueur ;

Et, laissant pour jamais et le doute et la haine,

Je sentis s'alléger le fardeau de ma peine,

Et doué d'une autre âme et sûr de mon chemin,

Je revins me mêler au tourbillon humain.

« De cette nuit pour moi date une autre existence.

Le vieil homme mourut ; une autre loi commence,

La loi du repentir et du céleste amour.

Sous ces rayons plus purs et sous ce nouveau jour

Tout prit un autre aspect à mes yeux sur la terre.

J'adorai ce que l'âme y voit du grand mystère.

L'Espérance, la Foi, la Résignation

Reconnurent pour sœur mon expiation.

Le mépris désormais fut pour moi sans blessures,

Et chaque jour m'apprit le pardon des injures.

Je n'erre plus tout seul comme un déshérité ;

Je vis, je souffre, j'aime avec l'humanité ;

Et je comprends enfin l'énormité du crime

Que Dieu poursuit en moi d'un courroux légitime.

Ce n'est pas une insulte à la Divinité,

Il venge mon forfait de lèse-humanité.

Aussi, qu'ils me soient bons, indifférents, sévères,

Les hommes, maintenant, seront toujours mes frères.

Mon cœur, que tant de haine avait pétrifié,

S'est pris pour tous leurs maux d'une tendre pitié.

J'ai pour eux un amour triste et presque céleste.

Ils n'ont qu'un jour à vivre ; ils passent et je reste.

Car Dieu du genre humain m'a fait le fossoyeur.

Je les vois partir tous pour un monde meilleur ;

Mais avant, je leur montre à travers leurs souffrances,

Dans toute sa beauté rayonnant d'espérances,

La mort, ce doux sommeil, ce plus grand des bienfaits,

Que le ciel aux humains ait départi jamais.

« Voilà ce que les jours ont appris à mon âme.

J'ignore quand des miens se dénouera la trame.

Je respecte de Dieu l'insondable secret :

Quel qu'il soit, je révère à genoux son décret.

Sans doute il me condamne à vivre solitaire,

Jusqu'à ce que brisant le globe de la terre,

Il rassemble à ses pieds les générations,

Et sépare à jamais les méchants et les bons.

Alors le Christ vainqueur descendant des nuées,

Sur cette mer d'humains, aux vagues remuées

Par la terreur, le doute et le ravissement,

Fera tonner la voix du dernier jugement.

Heureux s'il daigne alors me dire en sa clémence

Que mon long repentir et ma misère immense

Ont assez expié ma cruauté d'un jour,

Et que je puis enfin dormir dans son amour ! »

CINQUIÈME CHANT

V

LE PARDON

PARDON

Ahasver se taisait que j'écoutais encore.

Cet étrange récit qui venait de se clore

Roulait en bouillonnant dans mon esprit rempli

Comme un torrent qui gronde à l'étroit dans son lit.

Je revoyais, les yeux fermés, la longue route

Par où l'humanité passe et disparaît toute,

Semblable à ces chemins que l'on trouve au désert

Où seuls des os blanchis laissés à découvert

Marquent de leurs débris, que le chacal profane,

Le pli de sable ardent fait par la caravane.

L'histoire des vieux jours, labyrinthe éternel

Où le monde longtemps ne vit qu'une Babel,

Un chaos qui se cherche, une spirale immense

Qui se détruit toujours et toujours recommence,

Se débrouillait enfin à mes regards confus;

Et j'admirais de Dieu les desseins préconçus.

Je me disais : « L'insecte a sa route connue;

Tourné vers l'orient le cygne fend la nue;

Et l'homme qui se croit maître de son destin

Ne fait que suivre aussi la loi de son instinct.

A son insu la terre autour de Dieu gravite,

Rétrécissant toujours son incessante orbite ;

Comme si Dieu voulait la guider par la main,

Pour l'aider à trouver jusqu'à lui son chemin.

« Ami, dit Ahasver, mon histoire passée

D'un long étonnement trouble encor ta pensée.

Tu restes devant moi grave et silencieux.

La méditation sur ton front soucieux

Depuis quelques instants passe et jette son ombre,

Comme sur un ciel bleu glisse un nuage sombre.

Peut-être un doute arrête et suspend tes esprits.

Dis-le-moi, quel est-il ? » Alors, moi, je repris :

« Non ! je ne doute pas ; mais je prêtais l'oreille

A l'écho que ta voix dans mon âme réveille.

Comme le forgeron qui bat le fer en feu,

Ta parole, frappant mon esprit qui s'émeut,

A fait jaillir en moi des milliers d'étincelles,

Et je reste ébloui de ces clartés nouvelles.

Lorsque le pèlerin, le soir, a pénétré

D'un pas religieux dans un temple sacré,

Il écoute longtemps le son mélancolique

De l'orgue qui remplit toute la basilique,

Et la voix des enfants et le chœur solennel

Du peuple entier qui monte et va frapper le ciel.

L'encens, l'orgue, les chants et la cérémonie

Cessent ; alors, le cœur encor plein d'harmonie,

Sur les degrés, avant de suivre son chemin,

Il s'assied, et rêveur met le front dans sa main.

Moi, je fais comme lui. Ton récit fut austère :

Mais il fit devant moi passer toute la terre ;

Et je sens mes désirs, mes rêves d'autrefois,

Comme un feu mal éteint s'aviver à ta voix.

Il en est un surtout ! son ardeur insensée

A fait souvent la nuit chanceler ma pensée

Au bord de cet abîme où Dieu mit les confins

De l'esprit des mortels et des anges divins.

Ton récit vient encor d'en attiser la flamme,

Et si je ne craignais de contrister ton âme

Par le retour forcé d'un amer souvenir,

Je te prierais encore d'apaiser ce désir !

— Parle ! ouvre-moi ton cœur, me dit-il ; ma pensée

A trop souffert pour craindre encor d'être blessée.

— Eh bien! lui répondis-je, et puisque tu le veux,

Je vais te révéler ce plus cher de mes vœux :

C'est de voir par tes yeux le Sauveur de la terre,

Tel que dans ta mémoire, où nul trait ne s'altère,

Tu le revois sans doute et que tu le peindrais ;

Car toi seul des vivants as contemplé ses traits ;

Toi seul de cette image as pu garder la trace.

Oh! que ne l'ai-je aussi contemplé face à face!

Que n'ai-je au bord des lacs, sur le sommet des monts,

De sa lèvre divine aspiré les sermons!

Que n'ai-je de ses pieds adoré la poussière,

Foulé le même sol, vu la même lumière,

Bu l'air qu'il respirait, et d'un pieux larcin

Baisé timidement sa tunique de lin !

Combien de fois ce rêve a hanté ma jeunesse!

Combien de fois, le cœur accablé de tristesse,

Penchant sur l'Évangile un front découragé,

Et regardant la vie ainsi qu'un naufragé,

N'ai-je pas cru le voir, sous ma lampe incertaine,

Comme autrefois au puits de la Samaritaine,

Assis auprès de moi sur le bord de mon lit !

Son regard ineffable où tant d'amour se lit

Pénétrait tout mon être et versait dans mon âme

La paix et la tendresse ainsi qu'un sûr dictame ;

Et mes premiers ennuis et mes jeunes chagrins

Se fondaient aux rayons de ces regards divins !

Depuis deux fois mille ans la terre pécheresse

S'est prise pour le Christ d'une immense tendresse,

Et répand, à genoux, les cheveux éplorés,

Ses fleurs et ses parfums sur ses pieds adorés.

Depuis plus de mille ans, les saints et les artistes

Veulent fixer ses traits majestueux et tristes.

Chaque âge s'exerçant sur ce thème sans fin

N'a rendu qu'un côté du modèle divin ;

Et toujours quelque part, sur le marbre et la toile,

L'homme par trop charnel trahit le Dieu qu'il voile.

J'ai fouillé vainement ces reliques de l'art :

Ce Christ que j'ai rêvé n'existe nulle part !

Toi donc, toi qui l'as vu sous sa forme mortelle,

Quand il vint apporter la céleste nouvelle,

Fais-m'en par la parole un fidèle portrait ;

Mets-le devant mes yeux ; rends-le-moi trait pour trait,

Tel que tu dois toujours le revoir en idée,

Tel que sous les palmiers l'admira la Judée.

Dis-moi quel vêtement tombait sur ses genoux,

Si son front était pâle et bien plus haut que nous,

Quelle était sa démarche et sa voix et son dire

Quand il parlait au peuple, et s'il savait sourire ;

Quels étaient ses cheveux, sa bouche, et si ses yeux

Étaient comme la nuit ou l'azur clair des cieux. »

Je n'avais pas fini de parler de la sorte

Que j'entendis un coup retentir à la porte.

J'ouvris : « Qui que tu sois, dis-je à l'hôte inconnu,

Entre dans ma demeure et sois le bienvenu ! »

Mais comment peindre aux sens la céleste figure

Qui m'apparut alors dans la pénombre obscure ?

Une robe de lin tombait jusqu'à ses pieds ;

Ces cheveux sur le cou mollement repliés ;

Cet auguste visage où l'âme était visible ;

Ce regard d'un éclat si doux et si terrible....

Non! je n'essaierai pas de retracer aux yeux

Ce qui n'a de contour et de forme qu'aux cieux!

Non! je n'essaierai pas dans un mot périssable

D'enfermer l'infini, de dire l'ineffable!

Le mot et la couleur, et la forme et le son

En vain pour l'exprimer créeraient à l'unisson.

Même dans les transports du plus juste délire

Ce n'est pas au poëte à dépasser la lyre.

Grâce, beauté, grandeur, douceur et majesté,

C'est l'homme encor. Ici, c'est la Divinité!

Ahasver à genoux et baisant la poussière

Répandait devant lui son âme tout entière,

Et, versant à ses pieds ses sanglots et ses pleurs,

Semblait évanoui d'extase et de douleurs !

Le Christ (car c'était lui), le relevant du geste,

Lui dit avec sa voix d'une douceur céleste :

« Ami ! ne pleure plus ! Puisque ton cœur touché

Comprend et lave ainsi dans les pleurs ton péché ;

Puisque l'homme outragé par toi jusqu'en Dieu même

Est ton frère à présent ; puisque enfin ton cœur aime,

J'apporte le pardon, prix de ton repentir.

Sois heureux ! Maintenant, tu peux enfin mourir. »

Alors, fermant les yeux d'Ahasver immobile,

Le Christ parut bénir sa dépouille d'argile.

Je comprenais enfin.... quand se tournant vers moi,

Il me toucha le front en disant : « Souviens-toi ! »

Mais son œil me perçant comme un dard de lumière,

Je tombai sur les mains, le front dans la poussière,

Et sentis que mon âme élancée après lui

Oubliait là mon corps que la vie avait fui !

.   .   .   .

Quand le vieux serviteur monta de la vallée

Pour frapper avant l'aube à ma porte isolée,

Il recula d'horreur; car son premier coup d'œil

Vit en entrant deux corps prosternés sur le seuil.

Le vieillard nous crut morts et frappés par la foudre.

Il releva mon front qui traînait dans la poudre.

Ses pleurs, ses cris, ses soins, et la clarté des cieux

Me firent lentement rouvrir enfin les yeux.

Longtemps je regardai devant moi comme un homme

Qu'un rêve obsède encore au sortir d'un long somme.

Mais un regard tombé sur le corps d'Ahasver

Me rendit à moi-même, et prompt comme l'éclair,

Mon esprit revit tout dans une seule image :

L'hôte et ses longs récits durant la nuit d'orage,

Où les siècles passaient comme un jour, puis enfin

L'ineffable grandeur du visiteur divin....

Je rendis grâce à Dieu qui veille sur nos âmes,

Et le vieux serviteur et moi nous relevâmes

Ahasver qui restait sur la face couché.

Tous nos soins furent vains. La mort l'avait touché.

Mais quels mots, quels discours pourront jamais redire

La paix et le céleste et bienheureux sourire

Qui rayonnait encor sur ses traits solennels ?

Sublime adieu de l'âme à ses restes mortels !

Jamais ravissement de saint dans le martyre,

Enthousiasme ardent de poëte en délire,

Ivresse de l'amour et de la volupté,

N'ont empreint un mortel d'une telle beauté !

L'orage avait cessé ; l'aurore tout en larmes

Dissipait dans le ciel les dernières alarmes ;

Et ses premiers rayons au bord de l'Orient

Semblaient promettre au monde un jour pur et riant.

Le soleil vint ensuite et monta dans sa gloire.

Au sortir d'une nuit si terrible et si noire,

La terre, à ses rayons, se ranimant un peu,

Se livrait tout humide à ses baisers de feu.

Partout, aux flancs des rocs, sur les monts, dans les plaines,

Ruisselaient de longs pleurs comme au bord des fontaines.

L'eau, se frayant un lit éphémère et nouveau,

S'élançait en cascade ou glissait en ruisseau.

Les arbres, les buissons, mouillés par la tempête,

Frissonnaient au soleil et secouaient leur tête.

Les oiseaux sous la feuille humide encor des bois

Joyeux battaient de l'aile et retrouvaient la voix.

Hommes, bêtes, oiseaux, tous quittaient leur refuge.

C'est ainsi qu'autrefois, au sortir du déluge,

Du haut de l'Ararat le monde nouveau-né

Chantait l'hymne de grâce au ciel rasséréné.

Cependant, par les soins du vieux pâtre robuste,

Un lit fait de mélèze et de branches d'arbuste,

Recevait d'Ahasver ce qui restait encor.

Chargés de ce fardeau, d'un pas réglé d'accord,

Nous gravîmes tous deux le sentier à mi-côte,

Qui gagne en serpentant la cime la plus haute.

Nous marchions sans mot dire en mesurant nos pas;

Car l'œil plongeait parfois sur l'abîme d'en bas.

L'orage avait rendu l'étroit sentier glissant,

Et le fardeau sacré devenait plus pesant.

Les rameaux des sapins, au bord de notre route,

Sur le front d'Ahasver pleuraient à large goutte;

L'oiseau le saluait de petits cris joyeux.

Plus tard, oiseau, buissons, disparurent aux yeux.

Plus de fleurs, l'herbe même était rare et menue.

Nous entrâmes bientôt au milieu de la nue.

Le but se rapprochait; et déjà le sentier

Côtoyait les pieds bleus de l'éternel glacier.

« C'est ici ! » dis-je au pâtre; et nos bras, sans secousse,

Posèrent Ahasver sur un plateau de mousse.

Là, le vieillard et moi, nous creusâmes le sol

Que l'orage nocturne avait rendu plus mol.

Quand la fosse funèbre eut une longueur telle

Qu'elle pût contenir la dépouille mortelle,

J'y reçus Ahasver, et sur son dernier lit,

Ma main pieusement, doucement, l'étendit.

Puis je roulai sur lui cette terre infertile,

Poussière de granit, l'argile sur l'argile !

O prodige ! pendant que je le recouvrais,

Le céleste sourire augmenta sur ses traits.

Un étrange bonheur rayonnait sur sa bouche.

Ou eût dit qu'étendu sur sa dernière couche,

Ce vieux corps, fatigué par vingt siècles d'effort,

Goûtait encore mieux le bienfait de la mort.

Et c'est là qu'il repose, inconnu, solitaire,

Perdu dans la nuée au-dessus de la terre!

Nul monument funèbre attirant le regard

Ne révèle sa tombe au pas du montagnard.

Le glacier qui défend cette gorge isolée

En est le seul gardien et le seul mausolée.

Nulle épouse, nul fils n'y sanglote sur lui,

Et la seule rosée y vient pleurer la nuit.

Nul mortel ne connaît sa demeure dernière.

Personne, excepté moi, n'y versa de prière,

Et seul l'aigle se pose à la cime où ses os

Savourent dans la mort un éternel repos.

TABLE.

1ᵉʳ CHANT. — La Solitude...................... 1

2ᵉ CHANT. — L'Orage........................ 23

3ᵉ CHANT. — L'Expiation..................... 45

4ᵉ CHANT. — Le Repentir................... 69

5ᵉ CHANT. — Le Pardon..................... 105

Ch. Lahure, imprimeur du Sénat et de la Cour de Cassation,
rue de Vaugirard, 9, près de l'Odéon.

TYPOGRAPHIE DE CH. LAHURE
Imprimeur du Sénat et de la Cour de Cassation
rue de Vaugirard, 9